AF340466

TÉNAIS ET ZELISCA,

OU

LIBERTÉ DANS L'INDE,

TRAGÉDIE

EN CINQ ACTES

PAR PREVOST MONFORT.

Suspendue, avant la representation.

La couleur de mon front nuit-elle à mon courage?
Othello. acte 1er scène 5.

A PARIS,

Chez Brunn, Libraire, au magasin des pièces le théâtre,
rue St.-André

PREFACE DE L'AUTEUR.

J'habitois St.-Domingue, où lisant les mémoires philosophiques des Deux-Indes, j'étois arrivé à cet endroit :

« Dans ces mouvemens, le gouvernement des-
» potique, qui est malheureusement celui de tout
» l'Inde, s'est maintenu dans le Bengale ; mais aussi
» un petit district qui y avoit conservé son indé-
» pendance, la conserve encore. Ce canton fortuné,
» qui peut avoir cent soixante mille d'étendue, se
» nomme Bisnapore. Il est conduit de tems immé-
» morial par un Brame Rajepoute. C'est-là qu'on
» retrouve, sans altération, la pureté et l'équité de
» l'ancien système politique des Indiens ».

Le charme que j'éprouvai à la lecture de la description que Raynal fait des mœurs de ce petit pays fortuné, joint au desir que j'avois de composer un ouvrage en faveur des hommes de toutes couleurs, ami de la liberté, m'a donné l'idée de cette tragédie.

Pour donner à la pièce plus d'analogie avec nos mœurs actuelles, j'ai fait du Brame Rajepoute, un Nabab chargé de faire exécuter les lois du sénat, et feint que des Européens, las de vivre sous un joug odieux, étoient allés s'établir dans ces riantes contrées.

A v

PERSONNAGES.

PHARÈS, Gouverneur d'Ophir, d'origine Européenne.
LORUS, indien d'origine Européenne.
DIRRHEM, *idem.*
TÉNAIS, officier du Nabab.
ZÉLISKA, femme de sang mêlé, fille de Lorus, épouse de
    Ténais.
LINAS, enfant de Ténaïs et de Zéliska.
SÉPHAS, magistrat, confident de Pharès.
LADISKAR, indien.
ALDAIRE, indienne, confidente de Zéliska, personnage muet.
JUGES.
GARDES.
PEUPLE.

La scène est à Ophir, ville du Bisnapore.

TENAÏS ET ZELISKA

ou

LA LIBERTÉ DANS L'INDE,

TRAGÉDIE.

ACTE PREMIER.

Le théâtre représente l'intérieur du palais de Pharès.

SCÈNE PREMIÈRE.

DIRRHEM, LORUS.

Enfin, après quinze ans d'une pénible absence,
Je revois, cher Lorus, les lieux de ma naissance,
Et, dans les murs d'Ophir, au sein de mes amis,
Je viens de mes travaux cueillir les heureux fruits.
　Un ordre du sénat à mes vœux favorable
Me ramène..... Mais dieux ! quelle douleur t'accable ?...
Quoi! tu semble vouloir t'éloigner de mes bras...
Tu détourne les yeux... en arrivant, hélas,
A quels nouveaux malheurs faut-il que je m'attende ?
Dans le fond de ton cœur permets que je descende,
Tes pleurs veulent couler : en vain tu les retiens,
Les maux de mon ami ne sont-ils plus les miens ?

LORUS.

Ciel !

DIRRHEM.

Parle.

LORUS.

　　　Eloigne-toi de ta triste patrie ;
Fuis le pays fatal où tu reçus la vie,
Ces lieux jadis si beau, dont la prospérité
Faisoit toute ma joie et ma félicité,
Ces lieux où la vertu trouvant un sûr asyle,
Aimoit à respirer un jour pur et tranquille,
Quitte-les pour jamais. Fuis un lieu de terreur,

Qu'habite les forfaits, la rage, la terreur.
Un moment peut t'te perdre : où domine le crime,
Le juste du méchant est bientôt la victime.
  Pour affronter les mers, quand tu quittas ces bords,
J'étois fier de l'éclat dont ils brilloient alors.
Cette riche cité, séjour de mon enfance,
Voyoit de jour en jour accroître sa puissance.
Nos vaisseaux, nos soldats, vainqueurs de tant de rois,
A l'univers entier sembloient dicter des lois.
Les peuples éloignés, abandonnant leurs villes,
Apportoient leurs trésors sur ces rives fertiles,
Et nos voisins flattés, s'ils pouvoient l'obtenir
Recherchoient à grands frais l'alliance d'Ophir;
Enfin ce grand concours cette heureuse affluence,
Répandoit parmi nous la joie et l'abondance.
  Tout a changé de face : à des momens si chers
Bientôt ont succédé les plus affreux revers,
Et mon triste pays, jouet des destinées,
A vu fuir dans un an l'honneur de tant d'années.
Les dieux au Bisnapore ont ôté leurs faveurs,
La liberté n'est plus : et, dans ces murs d'horreurs,
La discorde a semé la haine et la furie.
Par-tout, sur ce rivage, aux cris de l'anarchie,
Le despotisme impur, sortant de son tombeau,
De la guerre civile a porté le flambeau.
  Las de passer sa vie au milieu des allarmes,
L'artiste fuit un lieu qu'il trouvoit plein de charmes;
Le commerce est perdu, le pilote étonné
N'entre plus dans un port qu'il voit abandonné :
Le citadin lui-même en proie à la molesse,
La préfère au travail qui faisoit sa richesse :
Le cultivateur dort, l'ouvrier inactif
Promene sur la route un œil morne et pensif;
Et l'enfant de Neptune oubliant son courage,
Ne voit que des dangers à quitter le rivage.
                    DIRRHEM.
Reprends espoir, Lorus, tu n'as plus à souffrir
La trame est découverte et tes maux vont finir,
L'âge d'or renaitra, (j'en ai l'heureux présage.)
Plus qu'on ne croit, le peuple abhorre l'esclavage.
Si pliant sous le joug de leurs maîtres divers,
Nos voisins ont fait vu de languir dans les fers,
Le Bengale asservi du couchant à l'aurore
N'a point fait partager ses mœurs au Bisnapore.
Environnés de rois, nous avons un sénat,
Sous son ordre, un Nabab, premier chef de l'état,

Qui maintiendra par-tout la liberté publique,
Et saura, par ses soins, sauver la république.
  De fiers Européens, nos illustres ayeux,
Espérant recouvrer le bonheur en ces lieux,
N'ont point abandonné leurs anciens héritages,
Pour retrouver la mort, sur ces tristes rivages:
Le ciel dont les regards tendres et paternels
Sont constamment fixés sur les foibles mortels,
Le ciel veille sur nous : ami de la nature,
Le Dieu qui nous créa déteste l'imposture;
Et de la liberté qu'il imprime en nos cœurs,
Il protégea toujours les zélés défenseurs :
Il ne souffrira point qu'un mortel exécrable
S'abreuve, sans pitié, des pleurs du misérable,
Et qu'abusant des loix un homme à leur mépris,
Insulte aux malheureux et repousse leurs cris.
Il ne souffrira point qu'un gouverneur perfide,
Un insolent Raja, de sang humain avide,
Entraînant les esprits dans son système affreux,
Réduise les Mogols à se détruire entr'eux;
Et près de triompher, sa main libératrice
Accablera Pharès du poids de sa justice.

LORUS.

Il se peut, mais son bras a tardé bien long-tems.

DIRRHEM.

N'importe : il périra. Pendant quelques momens,
Si le ciel semble étendre un voile sur le crime;
S'il permet, un seul jour, qu'un tyran nous opprime,
Il n'en a pas moins l'œil ouvert sur ses projets :
Ce n'est pas sans dessein qu'il souffre les forfaits.
Laissant au repentir tout le tems nécessaire,
Il peut, prêt à tomber, retenir son tonnère;
Mais, s'il tarde à frapper un coupable puissant,
Souvent c'est pour en faire un exemple éclatant.

LORUS.

Espérons donc, Dirrhem.

DIRRHEM.

                    Plutôt que l'on ne pense,
Tu verras arriver l'instant de la vengeance.
Écoute; apprends, Lorus, qu'instruit de tant d'horreurs
J'ai du traître au sénat dénoncé les fureurs,
Et promis de prouver, que, loin de nous défendre,
Jusques à nous trahir, son ame osoit prétendre.

LORUS.

Le prouver! et tu t'es flatté de réussir?

DIRRHEM.

Aurois-je, sans cela, tant tardé pour agir?

A 4

Je n'ai rien avancé qu'avec toute assurance,
Je ne puisse à Phares prouver en ta présence.
Pour l'accuser ici j'ai traversé les mers,
Devois-je balancer? Je viens briser tes fers.

LORUS.

Je ne suis point surpris du zèle qui t'anime.
La haine des tyrans, cette vertu sublime,
Est dans tous les cœurs purs gravée en traits de feu.
« Vivre libre ou mourir » voilà l'unique vœu....
C'est le tien ?

DIRRHEM.

C'est celui de tout le Bisnapore.

LORUS.

Et le mien, avant tout.... Ce matin même encore,
L'astre brillant du jour, sortant du sein des eaux,
N'avoit point aux mortels rappellé leurs travaux;
Le cœur tout agité; je dormois.... à ma vue
La triste Zéliska bientôt est apparue....
Zéliska! fruit chéri d'un hymen indien,
Son teint quoique bruni se rapprochoit du mien.
L'air de sérénité régnoit sur son visage.....
Je crois la voir encor, lui parler...: son langage
Etoit tel qu'autrefois, quand, au beau de mes jours,
Je l'unis à l'objet de ses premiers amours.
« Prends courage, me dit cette fille si chère,
» Le crime n'a qu'un tems : prends courage, mon père;
» Lorus retrouvera l'enfant qu'il croit perdu,
» Je vis encor, je vis, et c'est pour la vertu.
» Depuis six ans bientôt, l'affreuse tyrannie,
» Dans le fond des cachots, me tient ensevelie ;
» Mais Ophir va connoitre enfin la vérité,
» Et, tu me reverras avec la liberté ».
Flatteuse illusion! Je veux contre moi-même
Presser étroitement une fille que j'aime :
Déjà je la serrois tendrement dans mes bras,
Quand le jour m'est venu rappeller son trépas.
Au moins si Ténaïs étoit près de son père....

DIRRHEM.

Ténaïs!.... ce héros que le peuple révère?

LORUS.

Lui-même. C'est l'époux que ce bras paternel
Unit à mon enfant aux yeux de l'Eternel.
Nous allions de concert pour servir la patrie,
Moissonner des lauriers aux plaines de l'Asie;
Lorsque joignant mon cœur à leurs vœux innocens,
Dans mes tremblantes mains, je reçus leurs sermens :
« Le tems presse, leur dis-je, et l'honneur nous appelle,

» Reçois ma Zéliska, sois heureux avec elle ;
» Ténaïs, prends ma fille, elle est digne de toi :
» Aux yeux du Tout-Puissant, je te donne sa foi.
» Quand tu la rejoindras, la moitié de toi-même
» Te donnera le fruit de ton amour extrême ».
    Nous partons.... Je reviens le premier en ces lieux :
Je demande ma fille....ô souvenir affreux !
Zéliska n'étoit plus... Dans ma douleur amère,
Dirrhem, tu me manquois pour consoler son père.
Et Ténaïs au camp, ignorant nos malheurs,
Etoit trop loin de moi pour essuyer mes pleurs.
Voilà six ans.: Depuis cette époque cruelle,
Occupé dans l'armée, à son pays fidèle
J'ignore où ce guerrier....

DIRRHEM.
            Bientôt tu le verras :
Pour l'annoncer ici j'ai devancé ses pas ;
C'est lui que le Nabáb envoie en ce parage,
Pour arrêter les maux et détourner l'orage....
On vient....

LORUS.
        C'est le tyran.... Ah ! garde que sur toi...
Sortons.

SCÈNE II

PHARÈS, LORUS, SÉPHAS.

PHARÈS, à Lorus
    Demeure ici.

LORUS.
        Qu'exiges-tu de moi ?

PHARÈS.
Tu devrois le savoir.... J'exige, en ma présence,
Que Lorus, avant tout, s'habitue au silence.
Gouverneur dans Ophir, j'entends qu'à mon aspect
Tout le monde s'observe et marque son respect.

LORUS.
Le respect ! qu'as-tu fait, dis-moi, pour y prétendre ?
Le respect ! d'un cœur libre as-tu droit de l'attendre ?
Pour vouloir l'obtenir, tu l'as donc mérité ?
Est-ce par tes vertus ou par ta cruauté ?

PHARÈS.
Prétends-tu m'insulter ?

LORUS.
            Quand la ville obsédée
Par toutes tes fureurs se voit intimidée,

C'est à moi de parler, de désiller les yeux,
De te montrer, Pharès, sous ton masque hideux.

PHARES.

Tu poursuis ton outrage; et moi je te pardonne....
La loi me le défend, et mon cœur me l'ordonne.
Je vois que, sur mon compte, on a pu te tromper,
Et devant toi, Lorus, je veux me disculper,
Je le dois.... je le fais.... écoute.

LORUS, (à part.)
                              Le perfide!

PHARES (à part.)
Épions ses regards... que ce soit là mon guide.
        (à Lorus.)
Tu sais que le Nabab, appuyé du sénat,
Emploie, en vains projets, les deniers de l'Etat:
Qu'imposant les Mogols à d'onéreuses sommes
Il dispose à son gré des fortunes, des hommes,
Et que nous forçant tous d'obéir à sa voix,
Chaque jour il retranche au peuple de ses droits.
Tu sais qu'à nos Rajas ne laissant qu'un vain titre,
Des jours des citoyens il s'est rendu l'arbitre.
Qu'enfin au nom du peuple et de la liberté,
Il abuse tout haut de son autorité;
Et qu'au dessus des loix perfide mandataire,
Il veut-être lui seul le maître de la terre.

LORUS.

Qui l'a dit?

PHARES.

Tout Ophir.

LORUS.
                Permets-moi d'en douter.
Ce sont de vains soupçons qu'on ne peut écouter.
Tu veux qu'applaudissant à la guerre intestine,
Le premier de l'Etat en trame la ruine;
Pour oser l'entreprendre il a trop de vertus,
Tu le sais, trop d'honneur, d'intérêt, je dis plus.
   Si, brisant la balance et le juste équilibre,
Sans lequel il n'est pas d'empire vraiment libre,
Le Nabab à nos droits attentoit aujourd'hui
Eh! ne seroit-ce pas conspirer contre lui?
Commandant de l'armée et chef du Bisnapore,
Qu'à-t-il de la fortune à désirer encore.
Veut-il être puissant? au sein de son devoir,
Du bonheur de l'état il tire son pouvoir,
Plus son pays fleurit, plus dans les rangs suprêmes,
Le crédit de l'état rejaillit sur lui-même.
   Pour un jour, en un mot, s'il rend le peuple heureux,

Il n'est pas de Mogols qui ne forment des vœux ;
Mais cédant aux avis de conseillers perfides,
S'il tramoit dans son cœur des projets homicides.
Du pacte social si rompant les liens,
Il osoit préparer des fers aux indiens.
Entraîné aussi-tôt dans la ruine entière,
La tête du tyran tomberoit la première.
Dans le tumulte en vain il voudroit échapper,
Le glaive de la loi l'attend pour le frapper.

PHARES.

Et si s'abandonnant à son insouciance,
Le peuple s'ennuyoit de son indépendance…
Si l'aidant à quitter la souveraineté,
Lorus alloit se voir au plus haut rang porté ?

LORUS.

Pharès voudroit régner. il cherche à me séduire,
Et croit déjà me voir fléchir sous son empire.

PHARES.

Si c'est le bien du peuple….

LORUS.

       O fureur ! en ma main
Je n'ai pas un poignard, pour lui percer le sein !
   (*En élevant la voix.*)
En te frappant, cruel, dans ma triste patrie,
Je croirois ramener le bonheur et la vie :
Quand on a d'un tyran délivré son pays,
On doit à son courage ajouter trop de prix.

PHARES.

Voilà ce que de toi je desirois apprendre :
La mort est le seul bien où tu puisses prétendre.
Gardes, qu'on le saisisse et qu'au fond des cachots…

LORUS.

Perfide ! je me livre aux mains de tes bourreaux,
Mais je serai vengé : le peuple veut justice,
Et ta fureur ne fait qu'avancer ton supplice.
Ton empire est détruit, sous le joug d'un méchant,
Le peuple peut par-fois s'endormir un moment,
Et d'un vil factieux qui l'écrase et l'opprime,
Par excès de bonté devenir la victime,
Mais qu'il craigne l'instant où finit son sommeil,
La mort de l'oppresseur suit d'après son réveil.

SCENE III.

PHARÈS, SÉPHAS.

PHARES.

As-tu bien remarqué toute son impudence ;
Séphas, et n'es-tu pas surpris de ma clémence ?

SÉPHAS.

Je dirai plus, seigneur ; de vos desseins instruit,
Lorus ne peut-il pas en répandre le bruit ?

PHARES.

Que tu me connois peu, pour redouter ses plaintes !
Rassure-toi : sa mort dissipera tes craintes.
Je t'ai paru fléchir ; mais, si, jusqu'à présent,
J'ai gardé pour Lorus, tant de menagement,
Connois-en le sujet.... certain de la victoire,
Quand je t'admets, Séphas, à partager ma gloire,
Je ne t'ai point caché tout ce que j'ai tenté,
Pour mettre, dans mes mains, la souveraineté.
Tu sais, que, pour ravir Ophir au Bisnapore,
Orthus est, par mon ordre, allé vers le Bosphore.
Tu le sais : à régner aspirant en secret,
Je t'ai souvent fait part de mon vaste projet :
Je veux encor plus loin pousser la confiance.
   Tout entier au dessein d'assurer ma puissance,
Ami, tu me croyois étranger à l'amour :
Il n'en est rien, non rien. Je brûle nuit et jour ;
Une flamme secrette, invincible et cruelle,
Vers un cœur qui me fuit sans cesse me rappelle :
Ma noble ambition m'ôte tout mon repos ;
Mais mon amour, voilà le plus grand de mes maux.

SÉPHAS.

Et qui peut ?...

PHARES.

Zéliska.

SÉPHAS.

          Quoi ! sa perte assurée ?....

PHARÈS.

Je tiens, en mon pouvoir, cette amante adorée.

SÉPHAS.

Comment ?...

PHARES.

          Te souvient-il de ce moment affreux ?
C'étoit le soir. Déjà, d'un voile ténébreux
La nuit avoit couvert le reste de la terre :
Notre seul horizon qu'éclairoit le tonnerre
Sembloit nous annoncer la fin du monde entier.

On n'entend que des cris : le plus vaillant guerrier
Pâle, défiguré, voyant les cieux en flamme,
Pour la première fois, sent la crainte en son ame :
L'univers ébranlé porte par-tout la mort,
Le soldat fuit son camp, le matelot son bord,
Et l'époux enlevant son épouse chérie
Ne sait où l'entraîner pour conserver sa vie.
La foudre, dans les airs, grondant de toute part
Faisoit trembler l'enfant à côté du vieillard :
Le fils demandoit grace en embrassant son père,
Et la fille interdite aux genoux de sa mère,
Attendoit qu'un seul coup les frappant toutes deux,
Leur apportât la mort, qui s'offroit à leurs yeux.
    Lorus et Ténaïs l'un et l'autre à l'armée
Laissoient Zéliska seule. . . . éperdue, allarmée,
La fille du Mogol s'enfuit vers un autel :
Pour mon rival, sa bouche invoque l'éternel.
J'approche, je l'entends : dans ma fureur extrême,
Je veux la poignarder, me poignarder moi-même.
« Non, ce n'est pas pour lui qu'on doit former des vœux,
» Lui dis-je, c'est pour moi qu'il faut fléchir les Dieux ;
» Je prétends à ta main, je t'aime, je t'adore,
» Zéliska, sois sensible au feu qui me dévore. »
    Je vais pour embrasser ses genoux... je la vois
Expirante à mes pieds... immobiles et froids,
Ses bras sont de la mort l'image épouvantable...
Je ne retrouve en moi qu'un monstre abominable,
Un cruel assassin d'un objet plein d'appas ;
Qui cherche encor l'hymen au milieu du trépas.
Je rends le ciel témoin de mes sermens pour elle ;
Je lui jure, en son nom, une ardeur éternelle ;
Et, sans savoir moi-même, ami, ce que je fais,
Sur mon sein, je l'entraîne au fond de ce palais.
Elle revoit le jour, et, pour mieux la soustraire
Aux regards d'un amant, aux recherches d'un père,
Dans un lieu souterrain à tout autre inconnu,
Je garde ce dépôt qu'on croit ici perdu.

S É P H A S.

Dieux ! qu'entends-je !...

P H A R È S.

                    C'est là que, depuis six années,
La triste Zéliska pleure ses destinées :
De la soif des grandeurs ton maître tourmenté
Avoit presqu'oublié cette ingrate beauté ;
Mais certain à présent du pouvoir où j'aspire,
Du charme de ses yeux je ressens tout l'empire.

Je ne me connois plus; soit amour, soit fureur,
Je sens un feu nouveau s'allumer dans mon cœur.
Déjà, las, outragé de tant de résistance
Sur elle hier, j'étois prêt d'épuiser ma vengeance;
Quand j'ai conçu le plan d'entrainer aujourd'hui
Lorus dans mes projets, et le peuple, avec lui.
Je rendois au premier l'espoir de sa famille,
Et proposois Pharès, pour époux à sa fille:
Il n'y faut plus penser, c'est de moi seul, de moi,
De mon autorité qu'il faut tenir sa foi.
Suis-moi... Voici l'instant où mon bonheur commence,
Ou pour elle et son père il n'est plus d'espérance.
Zéliska, devant toi, va recevoir ma main,
Ou de ce fer sanglant je lui perce le sein.
J'ai trop long-tems souffert de sa rigueur cruelle,
Je veux la voir, périr, ou régner avec elle.

FIN DU PREMIER ACTE.

ACTE SECOND.

*Le théâtre représente une grotte souterraine,
dans laquelle est pratiqué un enfoncement qui
sert de retraite à Linas.*

SCÈNE PREMIÈRE.

ZÉLISKA, LINAS, ALDAÏRE.

ZÉLISKA, *s'avançant vers un banc, sur lequel Linas est en-
dormi à côté d'Aldaïre.*

Il dort l'infortuné! son cœur, son jeune cœur,
Heureux près de sa mère ignore son malheur.
Né dans ce triste asyle, enseveli sous terre,
Il n'a jamais du ciel apperçu la lumière.
Au fond de ces cachots. c'est lui, depuis six ans,
Qui m'aide à supporter l'excès de mes tourmens:
C'est lui, oui c'est lui seul, qui fait que j'y résiste.
  Sur son sort, sur le mien, s'il voit que je m'attriste,
Aussitôt, dans mes bras, il vient se reposer;
Sa bouche, sur la mienne, imprime un doux baiser.
Sa naïve amitié, soutien de ma misère,
Mêle ses pleurs aux miens, pour consoler sa mère,
Et ses tremblantes mains, contre lui, me pressant,
Semblent me dire: « espère, et vis pour ton enfant ».
  D'un époux adoré chère et vivante image,
Entre son père et lui, mon amour se partage;
Et, quand j'embrasse, hélas! ce doux fruit de nos feux,
Le baiser qu'il reçoit je l'adresse à tous deux.
  (à Aldaïre.)
  Que ne te dois-je pas, généreuse Aldaïre?
C'est toi qui, dans ces murs, ayant su t'introduire,
Loin de flatter les feux d'un tyran consommé,
Encourageas encor le nœud que j'ai formé.
C'est toi, qui de Linas protégeant la naissance,
Sus cacher au Raja les cris de son enfance.
A travers tant de maux, tant de cruels ennemis,
J'ignore encor comment j'ai pu sauver mon fils.
Pouvois-je l'espérer dans ces cachots?... Que dis-je?

Pour moi, son existence est encore un prodige.
Au milieu des soupçons, avec tes seuls secours,
Aux regards de Pharès avoir soustrait ses jours!...
  Ciel, parmi tous tes coups, j'admire ta clémence,
Du traître avoir six ans trompé la surveillance!
Que mon fils soit vivant!... qu'il me reste!... grands Dieux;
Voilà de vos bienfaits le plus rare à mes yeux.

LINAS, (*en s'éveillant en sursaut.*)

Ma mère!...

ZÉLISKA.

  Cher enfant!... en ouvrant la paupière,
Voilà le premier mot que sa bouche profère.

LINAS.

Quel bonheur! te voilà... je m'occupois de toi;
Sommeillant, éveillé, ma mère est avec moi.
Je songeois qu'on vouloit attenter à ta vie...
Mais je te vois, c'est toi, c'est ma mère chérie.
Ah! que ne puis-je, hélas, soulager ta douleur!

ZÉLISKA.

Embrasse-moi, mon fils, ne crains plus pour mon cœur;
A la peine, à la joie il est inaccessible,
A force de souffrir on devient insensible.
Et si jamais, Linas, tu vois mes pleurs couler,
C'est sur les maux cruels qui viennent t'accabler.

LINAS.

Mes maux, je n'en ai point, près de toi je respire;
J'adresse au ciel les vœux que ta bonté m'inspire.

ZÉLISKA.

Tu me rends à la vie... ô malheureux enfant,
Tu méritois un sort moins affreux en naissant.
Le timide orphelin qui n'a pas vu son père
Est privé du bonheur le plus doux sur la terre.
L'être émané des Dieux qui nous donne le jour,
Hélas! est un objet si cher à notre amour;
Aux soins les plus touchans sa bonté paternelle
Toujours prête une ardeur et si tendre et si belle,
Que tous les biens du monde ensemble réunis
Ne peuvent remplacer un père pour son fils...
  J'entends... j'entends du bruit, Pharès vient-il encore
Offrir à mes regards un aspect que j'abhorre?
Fuis, fils infortuné, sauve-toi de mes bras...
Tu mourrois, si le traître appercevoit tes pas...
    (*Zéliska conduit Linas dans l'enfoncement qui
       lui sert de retraite.*)

SCÈNE

SCENE II.

PHARÈS, ZÉLISKA, SÉPHAS, ALDAIRE.

PHARÈs; (*dans les coulissès, à Séphas.*)
Séphas, ferme l'entrée... et si jamais personne...

ZÉLISKA
Il n'est pas seul, ô ciel !... je tremble, je frissonne...
Pourquoi deux aujourd'hui ?... c'est la première fois...
Quel peut être l'objet ?... qui sait ?... Linas !... sa voix...
Que je la trouve, hélas, effrayante et terrible.
Se seroit-il douté... mon fils... quel trouble horrible !...
Cette seule pensée accable mes esprits ;
Tonnez sur moi, grands Dieux, mais veillez sur mon fils.

PHARES.
Enfin il n'est plus tems, alors que je vous aime,
D'opposer des mépris à mon ardeur extrême ;
Zéliska, consentez à me voir votre époux,
Ou redoutez l'effet de mon juste courroux.
Lassé de vos refus, je ne sais plus attendre ;
C'est de cet entretien que vos jours vont dépendre.
Ils sont encore à vous, disposez de leur sort,
Répondez : recevez ou main ou la mort.

ZÉLISKA.
Qu'exiges-tu, cruel ? hélas ! suis-je maîtresse
D'un cœur que ta fureur vient déchirer sans cesse ?
Tu m'offres ton amour et demandes ma foi...
Barbare, ignores-tu qu'elle n'est plus à moi ?...
Qu'elle est à Ténaïs ?...

PHARES.
                    Oui, pour lui, plus sensible,
Quand tu me dédaignois, quand ta bouche inflexible,
Chaque jour m'accabloit par de nouveaux mépris ;
Je sais que ton amant en récueilloit les fruits ;
Que, plus tu témoignois pour moi d'indifférence,
Plus tu lui réservois d'amour et de constance.
Mais les tems sont changés, n'espère rien de lui.
C'est moi que Zéliska doit chérir aujourd'hui ;
Connois-tu ma puissance ?

ZÉLISKA.
                    Eh! que fait sur mon ame,
Ce pouvoir odieux que ta bouche réclame ?
Tu m'ordonnes d'aimer... pour obéir, hélas !
A son cœur, tu le sais, on ne commande pas.

B

PHARES.

N'importe, qu'elle m'aime, ou toujours insensible,
Que Zéliska me voue une haine invincible,
Il faut qu'elle me suive aux autels.

ZÉLISKA.

Dieux!... eh quoi!

Pourrois-tu désirer que peu digne de moi,
Mon infidelle main à Ténaïs donnée?...

PHARES.

Dans le temple?... en quel tems?...

ZÉLISKA.

Ah! ce doux hymenée,
C'est sous les yeux d'un père, en présence du ciel...

PHARES.

Peux-tu te prévaloir d'un hymen criminel?

ZÉLISKA.

Criminel! quoi! n'est-il d'union vraiment sainte
Que celle qu'aux autels souvent forment la crainte,
La vaine ambition, l'espoir d'un nom vanté,
L'orgueil de nos parens ou la cupidité?
Quoi! si deux cœurs brûlans de la plus vive flamme,
Également épris, n'ayant qu'une même ame,
Sous l'auspice d'un père, et devant l'éternel,
Ont juré l'un pour l'autre un amour immortel,
Et que le lieu, le tems à leurs vœux peu propice,
Empêchent qu'à leur gré leur hymen s'accomplisse;
Fidèles au lien qui les unit tous deux,
S'ils aiment la vertu, s'ils chérissent les dieux,
Peut-on blâmer la foi qu'ils se seront donnée?
Eh! qu'est-il de plus saint qu'un si chaste hymenée?...
Garanti par l'amour et la foi des sermens,
Pour recevoir nos vœux et nos engagemens,
Le ciel a-t-il besoin d'un temple sur la terre?
Nos cœurs ne sont-ils pas son plus beau sanctuaire?
Qu'un décret nécessaire aux coupables mortels,
Pour les unir ensemble, ait créé des autels;
Aux nœuds qu'ils ont formés il est des cœurs vulgaires
Qui ne sont retenus que par des lois sévères.
Mais un simple serment encor mieux que la loi
Rend l'ame vertueuse esclave de sa foi;
Et les cœurs purs et droits, ennemis du parjure,
N'exigent de liens que ceux de la nature.

PHARÈS.

Sur un pareil contrat, ainsi vous reposant,
Vous préférez un nœud que l'honneur vous défend.

ZÉLISKA.

L'honneur! qui plus que moi s'est flatté de le suivre?

Eh ! sans lui, dans ces lieux, traître, aurois-je pu vivre ?
Qui m'a, dans ma douleur consolé ?... ma vertu.
L'honneur ! existe-t-on après l'avoir perdu ?

PHARÈS.

Coupable ou non, enfin je ne puis vous entendre,
A de nouveaux délais je ne saurois me rendre.
Si Ténais au moins étoit auprès de vous,
Si l'ingrat en vos bras, sous le titre d'époux...
Mais que dis-je ?... à présent peut-être aux pieds d'une autre...

ZÉLISKA.

Ah ! tyran, vous jugez de son cœur par le vôtre...
Horrible effet du crime !... alors qu'on l'a commis,
A peine dans un autre, on croit le bien permis.
Pesant tous les humains dans la même balance,
Les méchans n'ont jamais pu croire à l'innocence.
Ténais infidèle !... oh ! non, j'en suis garant.
Quand on est aussi pur, trahit-on son serment ?
Mais bien plutôt qui sait si ma mort annoncée...
(Pourquoi me rappeller cette triste pensée ?)
Qui sait si Ténais trop fidèle à sa foi...
Ah ! voilà le plus grand des maux que je te doi.

PHARÈS.

Tu parles de tes maux, femme injuste et cruelle !
Hé ! qui les a causés ? d'une flamme éternelle
Brûlant pour Zéliska, quand, mille fois le jour,
Je mets à tes genoux ma gloire et mon amour ;
Quand n'ayant de desirs que celui de te plaire,
Ta haine répond seule à cette ardeur si chère,
Quand je m'abaisse au point d'unir mon sang au tien...

ZÉLISKA.

Ton sang ! eh ! qu'a-t-il donc de plus pur que le mien ?
Pour vouloir entre nous mettre cette distance,
Ce sang, dont tu fais gloire, est-il d'une autre essence ?
Qu'a-t-il, pour le vanter, de si rare à tes yeux ?
Penses-tu que le mien me soit moins précieux ?
Fille d'européen et de mère indienne,
Ma couleur, je le sais, diffère de la tienne ;
Mais que fait entre nous le sang et la couleur,
Si nous devons tous deux la vie au même auteur ?
Le Dieu qui nous forma sur sa divine image,
T'a-t-il permis, Pharès, d'attaquer son ouvrage ?
Sur moi ce Dieu si bon, si juste dans ses lois
Pour me charger de fers, t'a-t-il donné des droits.
Eh quels sont-ils ?... réponds, ta force et ma foiblesse.
Ah ! pour en abuser, qu'il te faut de bassesse !
   Je sais qu'il est des lieux en des climats lointains,
Où violant les droits, les devoirs les plus saints,

Des hommes comme toi barbares et coupables
Ont sous un joug affreux comprimé leurs semblables ;
Où sans cesse inventant des supplices nouveaux,
Ils semblent s'attacher à les charger d'ymaux.
Mais malheur au moment où las de tant de peine,
Ces peuples avilis voudront briser leur chaine :
Cet instant n'est pas loin... peut-être est-il venu
Ce terme fortuné si long-tems attendu.
Un seul mot suffira : s'il frappe son oreille,
La masse toute entière et l'entend et s'éveille.
Liberté ! liberté ! nom si doux aux mortels,
Déjà de tous côtés on dresse tes autels ;
Déjà ton nom sacré vole de bouche en bouche,
De près suit la vengeance au cri sourd et farouche.
Hé ! qui sait les excès où pourront se porter
Des hommes qu'aucun frein ne sauroit arrêter !
Point de grace... malheur, en ce moment terrible,
Pour tout être pensant généreux et sensible.
De voir ses fers brisés encor tout étonné,
J'entrévois les fureurs d'un peuple nouveau né.
Je recule d'horreur... en ce jour déplorable,
L'innocent peut périr à côté du coupable.
Un peuple trop long-tems sous le joug asservi,
Ne connoît pas toujours la main qui l'a servi.
Mais dix mille des tiens , au milieu du carnage,
Tomberoient en monceaux victimes de sa rage.
Que le sang dont ses bras seroient alors couverts,
Ne balanceroit point les maux qu'il a soufferts.

PHARES.

Ainsi donc, te fiant sur mon amour extrême,
Tu voudrois... et je puis... je m'étonne moi-même !
Trop chère Zéliska, que tu connois le prix
Du pouvoir que tes yeux, sur mes sens ont acquis !
Je voudrois te punir... mon amour parle encore.
Je sais que tu me hais, je sens que je t'adore ;
Laisse là tes rigueurs, tes refus, ah ! plutôt
Cède à tant de transports ; dis un mot, un seul mot,
Et bientôt, partageant l'éclat qui m'environne,
Tu viens de tes attraits embellir ma couronne.

ZÉLISKA.

Hé quoi ! peu satisfait d'abuser de mes pleurs...
Ah ! cruel, voilà bien le plus grand des malheurs !
Et les Mogols honteux, pliant sous l'esclavage,
Pour abattre un tyran, manqueroient de courage.
Qu'est devenu ce tems, si glorieux, si beau,
Où la liberté sainte encor dans son berceau
Trouvoit des défenseurs, prêts à frapper le traître

Qui pouvoit aspirer au titre affreux de maître ;
Où fuyant loin des rois et bravant leur courroux,
Tes ayeux sont venus s'établir parmi nous ;
Où leurs cœurs embrásés d'un feu vraiment civique,
Aux dépens de leurs jours, votoient la république ?
O jour, à tes bienfaits, non, je ne prétends plus :
A leur dernier degré mes maux sont parvenus...
Frappe, voilà mon sein : à tes coups insensible,
A mourir à présent je ne vois rien d'horrible.
Frappe... pourquoi sur moi ce poignard arrété ?
Frappe.... le jour ne plaît qu'avec la liberté.

                    P H A R È S.
Je ne suis point surpris que Zéliska me brave,
Qu'elle m'insulte...

                    Z É L I S K A.
                    Avant que d'être ton esclave,
Je périrai, tyran, fière de mon amour,
Et digne du mortel qui m'a donné le jour.
Mon père !... Ah ! s'il vivoit,

                    P H A R È S.
                    Il vit.

                    Z É L I S K A.
                    Eh ! tu conspires !
Mon père existe encore et toi, toi, tu respires.
Ah ! mon père, ton sang dans tes veines glacé...

                    P H A R È S.
Hé ! s'il étoit ainsi ; m'auroit-il offensé ?
Dans le fond d'un cachot, pour prix de son audace,
Aujourd'hui de sa fille attendroit-il sa grace ?

                    Z É L I S K A.
De moi ?

                    P H A R È S.
                    Oui de vous seule ; et, d'un juste retour.
Recompensant enfin mon trop funeste amour,
Vous allez avec lui m'accompagner au temple,
Où tous deux, dans Ophir, vous servirez d'exemple.
Oui je veux votre main, oui je l'obtiens de vous,
Ou Lorus et sa fille expirent sous mes coups...
Repondez ou ce bras à l'instant...

                    Z É L I S K A.
                    O mon père !
Si pour te délivrer, cédant à sa prière,
J'allois trahir l'amour, la nature et mon cœur,
Pourrois-tu vivre encore, après mon deshonneur ?
  (à Pharès.)   (en s'éloignant.)
Non frappe, je t'attends... Que dis-je ?... je m'égare...
Malheureuse !... (à part.) et Linas !.. arrète, hélas , barbare...

                    B 3

PHARÈS.

J'ai déjà trop tardé, réponds ou tu péris.

ZÉLISKA.

Hé bien! frappe,

PHARÈS, (*appercevant Linas tremblant de frayeur pour sa mère.*)

Que vois-je un enfant!.,.

ZÉLISKA.

Je frémis....

PHARÈS.

Son fils!

SCENE III.

LINAS, ZÉLISKA, PHARÈS, SÉPHAS, ALDAIRE.

LINAS, (*sortant de son enfoncement et venant se jeter aux genoux de Pharès.*)

A tes genoux j'implore pour ma mère.

PHARÈS.

Son fils!... son fils!... je sens accroître ma colère:
Rien ne me retient plus... de ce bras furieux,
Je veux à mon amour les immoler tous deux.

(*Il saisit Linas.*)

ZÉLISKA.

Quoi! vous me l'enlevez: prenez, prenez ma vie.

LINAS.

Ma mère!

ZÉLISKA.

Rien ne peut retenir sa furie!...
Ni ses pleurs, ni les miens, ni ses cris innocens,
Ni la crainte des Dieux, qui frappent les tyrans...
Je me jette à tes pieds; au nom sacré de mère,
Au nom du ciel, au nom de la nature entière,
Rends-moi, rends-moi mon fils... que t'a-t-il fait, cruel,
Pour l'arracher, hélas, de mon sein maternel?
Tu ne m'écoutes pas... quoi! sa timide enfance...

PHARÈS.

C'est sur lui que je veux épuiser ma vengeance:

(*En jettant un regard terrible sur Aldaire.*)

Et cette femme aussi, qui trahissant mes feux
A caché si long-tems cet enfant à mes yeux...

(*A Aldaire.*)

Je saurai bien punir..., oui, ta perte est certaine...

(*Revenant à Linas.*)
Commençons par l'objet de ma plus forte haine.
(*En le présentant brusquement aux bras de Séphas.*)
Frappe, Séphas...

ZÉLISKA.

Mon fils!

PHARÈS.

Il va périr.

ZÉLISKA.

Je meurs.

(*Elle tombe, Aldaire court à elle.*)

PHARÈS, (*à Séphas.*)

Tu balances.... Séphas est sensible à des pleurs.
(*En saisissant une seconde fois Linas.*)
Donne.

SÉPHAS.

Que pouvez-vous craindre de sa foiblesse?
Ah! plutôt attendez... qui sait si la tendresse...

PHARÈS.

Je t'entends... oui, je veux faire un dernier effort.
Entraînons-les...

LINAS.

(*A Zéliska.*)   (*A Séphas.*)
Ma mère... Ah! donnez-moi la mort.
Pharès et Séphas entraînent Aldaire et Linas, malgré la
résistance que ce dernier fait pour rejoindre sa mère.)

SCENE IV.

ZÉLISKA, *seule.*

Quoi! sans pitié, cruel!... ô tyran implacable!...
Te monstre!... de mes pleurs il est insatiable.
Il ne peut plus m'entendre... il m'enlève mon fils...
Dieux! vous l'avez souffert.... je ne sais où je suis...
Mon fils!.. je l'ai perdu... dans ce moment il tombe
Peut-être sous ses coups... je frémis... je succombe...
(*En montrant son cœur.*)
La plaie est là... oui là... pour sentir mon tourment,
Dieux! il faut être mère et perdre son enfant.

FIN DU SECOND ACTE.

ACTE TROISIÈME.

Le théâtre représente la salle du premier acte.

SCÈNE PREMIÈRE.

PHARÈS, (*seul.*)

Jusqu'à demain encore il me faut donc attendre !
A ce nouveau délai tu ne pouvois prétendre,
Zéliska : non ; mais, prête à te percer le sein,
Je crois qu'il est un Dieu qui m'arrête la main ;
Un Dieu qui me trahit, qui soutient ta foiblesse ;
Un Dieu qui sur tes jours semble veiller sans cesse.
Eh ! jusqu'à cet enfant, l'enfant de Thénaïs,
Elevé près de moi, dans ces affreux réduits !
Au fond de ton cachot, sans ce Dieu tutélaire,
Six ans à mes regards pouvois-tu le soustraire ?
Ce Dieu que je maudis, pourquoi donc dans mon cœur,
A-t-il mis mon amour, ma rage et ma fureur ?
A mes rigueurs pourquoi me paroît-il souscrire,
Pour me montrer après tout l'effroi que j'inspire ?
A peine je suis seul au fond de ce palais
Que bientôt, devant moi, retraçant mes forfaits,
Je ne découvre plus que l'horreur de mes crimes.
Je crois voir ruisseler le sang de mes victimes,
Et l'ombre des héros par mon ordre immolés,
Qui promène à mes yeux leurs enfans désolés...
Que leur vue est terrible !... ah ! dans mon trouble extrême,
Tout rappelle à Pharès qu'il est un Dieu suprême...
Vainement de mon cœur je voudrois le bannir ;
Je crois toujours le voir armé, pour me punir...
  Repoussons, loin de moi, cette effrayante idée,
De toutes les fureurs mon ame est possédée.
Poursuivons .. oui, je suis trop criminel., hélas !
Pour pouvoir aujourd'hui reculer sur mes pas.
Le plan est arrêté : demain, avant l'aurore,
Dussai-je après périr ? je règne au Bisnapore.

SCENE II.

PHARÈS, SÉPHAS.

PHARÈS.
Que viens-tu m'annoncer?

SÉPHAS.
                    Le peuple révolté,
Seigneur, au château fort, en foule s'est porté.
Bientôt l'on ne peut plus contenir sa licence :
Au nom de Bisnapore, il demande vengeance.
Lotus et tous les siens tirés de leur prison
Enhardissent encor à la rébellion :
Le nombre à chaque instant et s'accroît et s'anime,
Le succès qu'il obtient lui rend tout légitime.
Chacun veut être libre et, pour le devenir,
Il n'est pas d'Ophiroi qui ne sachent périr.
    En vain quelques amis descendus sur la place
Voudroient rendre le calme et comprimer l'audace;
On ne les entend pas; on menace leurs jours,
La multitude armée étouffe leurs discours.
Le trouble est à son comble. Aux cris de la jeunesse,
On voit s'armer par-tout la tremblante vieillesse.
Là, quittant ses foyers, l'épouse en son courroux,
A la suivre aux combats excite son époux.
Là, l'enfant, jeune encor, fuit les bras de sa mère,
Pour aller éveiller la fureur de son père.
Le peuple est sourd à tout.

PHARÈS.
                    Le peuple! ignores-tu,
Pour peu qu'il soit flatté, qu'il est bientôt rendu?
Connois donc mieux, Séphas, le pays où nous sommes :
Avec un peu d'adresse on maîtrise les hommes.

SÉPHAS.
Mais s'ils sortent du joug?

PHARÈS.
                    On les y fait rentrer.

SÉPHAS.
Souvent il n'est plus tems.

PHARÈS.
                    Pourquoi désespérer?

SÉPHAS.
Au milieu des excès...

PHARÈS.
                    Quoi! tu perds le courage...

Tu le perds au moment qu'il en faut davantage!
Puis-je compter sur toi?

SÉPHAS.

Vous en doutez, seigneur?
Pour vous en assurer, que ce serment d'honneur...

PHARÈS.

Arrête: les sermens sont des mots chimériques,
Toujours nuls aux regards des sages politiques.
De les tenir jamais se fit-on un devoir?
Le matin on les prête, on les trahit le soir.
Quant à toi, ta fortune est liée à la mienne:
Ma chûte ne feroit que précéder la tienne....
Sans crainte, ainsi je puis m'expliquer devant toi
Si Séphas veut m'entendre il se sauve avec moi
Je croirois aujourd'hui, la résistance vaine.
Laissons courir la foule où le torrent entraîne:
Essayons d'aller même au-devant de ses voux,
Et demain au moment où, pour fléchir les Dieux,
Les Mogols prosternés aux pieds du sanctuaire,
Par la voix du Bramine, offriront leur prière.
Peraldès, en ces murs, par Orthus mené,
Viendra dicter des lois dans Ophir étonné.
De l'état c'est alors que reprenant les rênes,
Je me venge du peuple et le charge de chaînes.

SÉPHA.

Mais Ladiskar.... Lorus... Pouvons-nous espérer?

PHARÈS.

Ce sont là les premiers que je veux égarer.
Les hommes les plus purs portés la clémence
Se laissent aisément tromper par l'apparence;
Mais, si, par un malheur que ne prévois pas,
Dans ce jour périlleux, je trouve le trépas,
Sans moi, je ne veux point que Zéliska respire:
Je lui dois tous mes maux, et s'il faut que j'expire,
Assuré de sa mort, au moins en périssant,
Je pourrai m'écrier, « je meurs en me vengeant. »
Nous cependant, Séphas, usons de politique:
Dirigeons à mon gré l'opinion publique:
Placé par le Nabab au rang des magistrats,
Tu peux me seconder.... Je suis sûr des soldats.
Ne perdons pas de tems..... ami, parcours la ville,
Et, pour me préparer une route facile,
Corromps les tribunaux, verse l'or à grands flots:
C'est un art de savoir le répandre à propos.
Flatte sur-tout le peuple: ardent à le séduire,
C'est par là que tu peux me porter à l'empire.

Sans consulter l'état, frappons les derniers coups,
Et, s'il faut succomber, entraînons-le avec nous.
SÉPHAS.
Oui je vous le promets, et fier de vous défendre,
Vous verrez le conseil prêt à tout entreprendre.

SCÈNE III.

PHARÈS, *seul.*

Voilà mon jour de gloire, ou c'est mon dernier jour !
Je triomphe, ou je perds le trône sans retour.
Quel supplice, grands dieux !... En est-il un semblable ?
L'existence, sans sceptre, est un bien méprisable.
Je trouve tant d'attraits, de charme à gouverner,
Que j'aime mieux périr que de ne pas régner
Mais, avant d'arriver à ce moyen extrême,
Je veux tout essayer : tout, la cruauté même.
C'est du sang qu'il me faut, si je veux réussir
Oui, je le verserai, dès qu'il me peut servir.
Pharès autour de lui ne veut que des esclaves ;
Il ne voit point d'amis ; il ne voit pas d'entraves.
         (*Appercevant Ladiskar.*)
Marchons... Ladiskar !...

SCÈNE IV.

LADISKAR, PHARÈS.

LADISKAR, *en remettant un écrit à Pharès.*
Lis.
PHARÈS, *après avoir jetté les yeux sur l'écrit.*
                              Un arrêt du sénat !
(*Il lit sur l'adresse.*)   (*Il ouvre et lit.*)
» A Pharès.... On t'impute un horrible attentat.
» Plus long-tems dans tes mains l'autorité flétrie
» Ne pourroit exister, sans nuire à la patrie,
» Et de ses fonctions, (le Nabab entendu,)
» Pharès, dès ce moment demeure suspendu ;
» Mais, sans rien préjuger d'odieux, pour sa cause,
» Sur l'avis du conseil, le sénat se repose,
» Et, pour le remplacer, pendant le jugement,
» Donne ordre à Ténaïs de partir à l'instant ».
(*Avec frémissement*)
Ténaïs !

LADISKAR.
Il arrive et déjà sa présence
A ramené par-tout le calme et l'espérance.
Tout annonçoit la mort : à peine il a paru,
Aussi-tôt sur ses pas, le peuple est accouru;
Et laissant au héros le soin de sa défense,
Il ménage ses coups et suspend sa vengeance. .
Le voilà.

SCENE V.

TÉNAIS, PHARÈS, LORUS, SUITE.

TÉNAIS, au peuple.
Que ces soins ont droit de me flatter!
Ces vœux que l'amitié pour moi semblent dicter,
Des jours de Ténaïs sont le plus doux partage
C'est d'être aimé du peuple un si cher avantage!
Ce sort, pour un mortel, a de si grands appas,
Que j'en suis glorieux! je ne m'en défends pas.
Quand le trouble est par-tout, que la ville égarée
Au feu des factions se voit déjà livrée,
J'arrive dans vos murs, j'y ramène la paix :
Non, ce jour est trop beau, pour l'oublier jamais!
    Ah! pour s'être écarté de cette paix profonde,
Qui seule fait la gloire et le bonheur du monde
Vous ignorez encor ce qu'il en a coûté!
Que d'attentats commis, et que de cruauté!
Que de sang répandu! que de cités en flâmes!
Que d'atroces forfaits! de manœuvres infâmes!
Le crime toujours crime et toujours halétant,
Ne prend point de sommeil en cet affreux moment.
La bassesse, l'intrigue et l'odieuse envie,
Profitent de l'erreur pour semer leur furie;
Et font en un instant d'un peuple humain et doux,
Un peuple de tyrans le plus cruel de tous.
Le tableau de la guerre est effrayant, terrible :
Détruire son semblable est un devoir pénible...
Mais, quand l'honneur l'appelle à défendre l'état,
L'ami de son pays est tout prêt au combat;
Et, si dans le danger, jaloux de sa bravoure,
Un parti d'ennemis le surprend et l'entoure;
Il voit de près la mort avec sécurité;
C'est du sein des tombeaux que naît la liberté.
    Détournons les regards de ces tristes spectacles,
Ophir aura bientôt vaincu tous les obstacles.
Amis, portez vos yeux sur un doux avenir :

L'horison va briller pour ne plus s'obscurcir.
Encor quelques momens, au fond de sa retraite
Le citoyen vivra, dans une paix parfaite.
Le père, dans son fils, revoyant un héros,
N'aura plus à trembler, sur des périls nouveaux,
Et sa mère baisant ses nobles cicatrices;
Les couvrira de pleurs, pour prix de ses services.
  On accuse Pharès de trahir son devoir.
Vos droits sont là; parlez et faites-les valoir,
Il faut sur le Raja qu'un tribunal prononce,
Mais l'on ne juge pas aussi-tôt qu'on dénonce.

PHARÈS.

Pourra-t-on me punir d'avoir servi la loi?

TÉNAÏS.

Va, si ton cœur est pur, c'est un beau jour pour toi.
Le moment le plus doux est celui-là peut-être,
Où dans l'opinion désigné pour un traître,
On se voit déclarer innocent par ses pairs.
Loin de craindre, sur lui, de voir les yeux ouverts,
Le mortel vertueux fort de sa conscience,
Devant les tribunaux, s'offre avec assurance.

PHARÈS.

Mais pourquoi m'accuser, si je suis innocent,
Et devant tout Ophir, me mettre en jugement?
Je n'ai point mérité....

TÉNAÏS.

            Je ne saurois t'entendre:
C'est devant le conseil, que tu dois te défendre.

(*Aux gardes.*)   (*Au peuple*).

Holà! gardes.... Et vous, allez, amis, allez,
Que sous l'arbre des lois les juges assemblés
S'apprêtent à porter l'arrêt irrévocable;
Qu'ils sauvent l'innocent, ou perdent le coupable.
Allez....

        (*Le peuple et les gardes escortent Pharès.*

SCENE VI.

TÉNAIS, LORUS.

TÉNAÏS.

    Après six ans, Lorus, je te revoi,
Et je n'ose jetter un seul regard sur toi:
Nos malheurs sont communs, Ma voix mal-assurée

Tremble de te nommer une épouse adorée.
Eh! tu n'as sur ta fille, aucun avis certain ?
LORUS.
Aucun. Tout ce qu'on dit, sur son affreux destin,
C'est qu'elle a disparu, depuis ce grand orage
Qui répandit par-tout la mort sur ce rivage.
Tu peux, cher Ténaïs, juger par ta douleur
Du coup que cette perte a porté dans mon cœur.
Un père accablé d'ans, au sein de sa famille,
A-t-il rien de plus doux que les soins de sa fille ?
Sa tendre piété, son amour consolant
Des Dieux, dans notre hyver, sont un si beau présent.
   Ami, je sais combien Zéliska t'étoit chère,
Mais tu n'as pas goûté le bonheur d'être père.
Comblé de dignités, de graces et d'honneur,
On peut croire de près approcher le bonheur ;
Mais doit-on l'espérer, lorsque le cœur est vide ?
La gloire est passagère et n'a rien de solide :
En vain on court au loin chercher la volupté,
Le premier bien de l'homme est la paternité.
Plus j'ai senti le prix d'un pareil avantage,
Et plus il m'a fallu de force et de courage.
Si ma fille n'est plus, en tous tems, en tous lieux,
Son image chérie est présente à mes yeux.
Officier du Raja, quand elle a reçu l'être,
J'habitois ce palais, dont les murs l'ont vu naître.
Le jour n'est pas levé, que je viens de mes pleurs
Arroser ce portique, écho de mes douleurs.
Sur le sol où j'ai vu s'élever tant de charmes,
Je trouve encor si doux de repandre des larmes.
J'ai vu ma fille ici, je l'y cherche et je crois
Retrouver Zéliska, dans tout ce que je vois.
TÉNAÏS.
O cruel souvenir !
LORUS.
Plus je m'occupe d'elle,
Plus l'espoir vient calmer mon ame paternelle...
TÉNAÏS.
Quoi! tu pourrois douter ?
LORUS.
Oui, tout dit à mon cœur
Que je dois la revoir.
TÉNAÏS.
O trop flatteuse erreur !
Mais non... j'ai tout perdu.
LORUS.
Le ciel veut que j'espère ;

Sur ma première idée, on diroit qu'il m'éclaire.

TÉNAÏS.

Comment?

LORUS.

Reporte-toi, vers ce moment fatal,
Où Pharès vint ici s'offrir pour ton rival...

TÉNAÏS.

Pharès !... ah! qu'as-tu dit ?... pour l'en croire capable,
Un forfait aussi noir est trop épouvantable !
Non, Lorus, dans mon ame il ne sauroit entrer,
Que jamais à ce point il ait pu s'égarer...
A-t-on tant de fureur après tant d'innocence ?
Je me rappelle encor de notre heureuse enfance,
Dé ces momens si doux, où, réunis toux deux,
Vers le bonheur commun, nous tournions tous nos vœux.
Je n'avois pas encore Zéliska pour épouse !
Nous devînmes rivaux, mais sa fureur jalouse
N'a point... Dieux ! eh! qui sait ?... quel soupçon ton discours
A fait naître... auroit-il en ménageant ses jours ?...
Ah! tout mon sang se glace... oui, Pharès est coupable.
C'est lui qui m'enlevant une épouse adorable...
Je puis le perdre... moi !... moi, son juge !... aujourd'hui.
J'abuserois des droits qu'on me donne sur lui!
Non jamais... écoutons la voix de la justice,
De moi-même sachons faire le sacrifice.
Ennemi de Pharès, mais l'homme du sénat,
Je ne dois consulter que le bien de l'état.
Dans le poste important que la loi lui confie,
Les jours d'un magistrat sont tout à la patrie.

FIN DU TROISIÈME ACTE.

ACTE QUATRIÈME.

Le théâtre représente la salle d'un tribunal, les juges sont assemblés et présidés par Ténaïs : Séphas, Ladiskar, sont assis parmi les magistrats, et Dirrhem à l'entrée de l'enceinte.

SCÈNE PREMIERE.

TÉNAÏS, DIRRHEM, SÉPHAS, LADISKAR, JUGES, GARDES, PEUPLE.

TÉNAÏS, *aux juges.*

Par le peuple commis au soin de le venger,
C'est le Raja d'Ophir que vous allez juger.
Plus il est revêtu d'un caractère auguste,
Plus votre arrêt doit être impartial et juste ;
Et, quelque soit celui que vous allez porter,
C'est la seule équité qui doit vous le dicter.
Celui qu'au tribunal le choix public appelle,
Sur la terre, des Dieux est le parfait modèle :
Comme eux, sans passions, sans haine, sans aigreur,
Il punit les forfaits, console le malheur :
Et, bannissant de lui tout esprit de contrainte,
Il absout de sang-froid, et condamne sans crainte.
Vous, sages Indiens, qu'un décret du sénat
Vient ici d'élever au rang de magistrat ;
Avant que l'accusé paroisse à votre vue,
Sachez de vos devoirs connoître l'étendue.
Songez qu'en acceptant ce poste délicat,
Vous n'êtes plus à vous, vous êtes à l'état.
Un juge doit avoir le cœur irréprochable :
Il faut être bien pur, pour juger son semblable.
(*au peuple.*)
Et vous, concitoyens, généreux Ophirois,
Admis dans le conseil, pour le maintien des lois,
Au-vœu des magistrats prêtez obéissance :
Le Nabab, par ma voix, vous invite au silence.

Sur-tout

Sur-tout, pour l'accusé qui paroit à vos yeux,
Conservant les égards qu'on doit aux malheureux,
Ecoutez les débats : laissez-le se défendre,
Faites-vous, avant tout un devoir de l'entendre.
Tel prévenu qu'il soit, jusqu'à son jugement,
Vous devez présumer un Mogol innocent.

(*Aux gardes.*)
Ouvrez à l'accusé.

SCENE II.

TÉNAÏS, PHARÈS, DIRRHEM, SÉPHAS, LADISKAR, JUGES, PEUPLE, GARDES.

TÉNAÏS, (*à Pharès.*)
D'un complot téméraire
Hautement l'on t'accuse et c'est la ville entière.
On prétend que, d'accord avec nos ennemis,
Tu travailles, Pharès, à trahir ton pays,
Et qu'usurpant ainsi l'autorité suprême,
Tu n'attends plus qu'Orthus pour ceindre un diadéme.

PHARÈS.
Je sais qu'on me menace... à ma perte acharné
On voudroit que déjà je fusse condamné...
Mais j'ai pour moi, Mogols, la bonté de ma cause :
Sur votre intégrité, mon honneur se repose.
Ma conscience est pure, et c'est pour l'attester,
Que, devant vous ici, je viens me présenter.
De mon accusateur je défierai la haine.

DIRRHEM, (*descendant au milieu de l'assemblée.*)
Je l'avoue : oui, pour toi, la mienne est souveraine.

PHARÈS.
Hé quoi ! c'est mon ami !...

DIRRHEM.
Je ne suis plus le tien.
Entre Pharès et moi, j'ai rompu tout lien.
En vain, sur mon esprit, on auroit quelqu'empire,
Qu'on a perdu ses droits, si-tôt que l'on conspire,
Et que, n'écoutant rien que son cœur furieux,
On méprise les loix et l'honneur et les dieux.
Le pauvre vertueux paisible en sa chaumière,
Le riche qui se plaît dans le bien qu'il peut faire,
Le guerrier de tout rang qui sert bien son pays,
Voilà mes seuls parens, voilà mes seuls amis.
Venons à toi, Pharès ; dans cette auguste enceinte,
Oui, contre tes complots, c'est moi qui porte plainte.

C

C'est moi qui pénétré de tes forfaits divers,
Dénonce ta conduite aux yeux de l'univers:
C'est moi qui, d'un tyran dévoilant l'artifice,
De tous tes attentats viens demander justice,
Au nom d'un peuple entier opprimé trop long-tems.
Avec nos ennemis du dehors, du dedans,
C'est moi qui t'accusant d'être d'intelligence,
Ai des garans certains de tout ce que j'avance.
J'ai dit. Parle, Pharès.

PHARÈS.
Pour réfuter, je croi,
Tous les faits que l'on vient de citer contre moi,
O Mogols, il suffit, sur ma conduite entière,
De provoquer moi-même un examen sévère.
Qu'on me suive par-tout; à l'armée, au Sénat;
Raja du Bisnapore, ou simple magistrat:
Qu'on me voie au Bengale, en Europe, en Asie;
Que depuis mon enfance, on consulte ma vie;
On verra que Pharès, l'appui de l'orphelin,
S'est toujours empressé d'adoucir son destin;
Que de l'infortuné protégeant l'indigence,
Souvent il défendit sa débile existence;
Et qu'en vain au Sénat on l'a calomnié,
Quand, pour le bien public, il s'est sacrifié.

LADISKAR.
Qu'importe que vingt ans combattant l'esclavage,
Pharès, du Bisnapore ait gagné le suffrage;
Que l'effroi redouté des tyrans du midi,
Ophir à son courage ait long-tems applaudi;
Qu'importe, s'il a pu trahir la république?
Qui nous assure à nous que, dans ta politique,
Tu n'avois pas trouve ce moyen plus certain,
Plus facile à couvrir ton perfide dessein?
Qui nous dit que Pharès, dès sa plus tendre enfance,
A gouverner un jour aspirant en silence,
N'avoit pas jusqu'ici frappé les factieux,
Dans le but criminel de régner après eux?
Qui nous dit qu'en parlant, contre la tyrannie,
Tu ne la voulois pas voir, toi, dans ta patrie?
Combien près de sa perte ont mis la liberté,
A force d'afficher la popularité.
Que de gens en cet art, instruits par l'habitude,
N'ont su que trop souvent gagner la multitude!
Et l'ont abandonnée, après l'avoir servie!
Oses-tu le nier, Pharès?

PHARÈS.
Ce n'est pas moi.

DIRRHEM.

C'est toi plus que tout autre. Interprétant la loi,
Suivant tes intérêts ou suivant ton caprice;
Diras-tu n'avoir pas soustrait à leur supplice,
Des hommes prévenus de crimes odieux
Pour les mieux engager à seconder tes vœux.
    Tu savois que les cœurs amis de l'innocence,
Ne t'auroient pas voulu prêter obeissance;
Que méprisant tes coups ils seroient plutôt morts,
Que de prêter les mains à tes honteux efforts;
De crainte que leurs cris ne se fassent entendre,
Dans le fond des prisons, tu les as fait descendre;
Et dans le même lieu, l'un sur l'autre entassant,
L'enfant à peine au monde et l'ayeul expirant.
Ton cœur peu satisfait trouvoit des jouissances,
A les faire expirer sous le poids des souffrances,
Ils ont pendant longtems enduré tes fureurs;
Mais le moment approche où vont sécher les pleurs.
Par-tout on sait déjà qu'envoyés par ton ordre,
Des brigands soudoyés répandoient le désordre.
Que tu devois forger, à dessein de régner,
Une émeute aux prisons, pour nous assassiner:
Et j'ai la preuve en main, qu'avant deux jours peut-être,
Tu voulois qu'en ces lieux on t'acceptât pour maître;
La voilà... cet écrit surpris aux mains d'Orthus?

    P H A R È S, (après avoir regardé l'écrit avec dédain.)
N'est pas signé de moi... qu'ai-je à dire de plus?

DIRRHEM.

Eh! qui, si ce n'est toi, qui peut, devant nos portes,
Avoir de l'Indostan appellé les cohortes?
Tu ne l'as pas signé cet écrit!.. mais jamais,
Pharès, un fourbe adroit signe-t-il ses forfaits?
Et nos plus chers guerriers, ardent à les proscrire,
N'est-ce pas toi, tyran, qui les as fait détruire?
Ce matin même encor par quel ordre, en quel nom,
A-t-on conduit Lorus au fond d'une prison?

P H A R È S.

Délégué du Nabab, en m'insultant moi-même,
Il avoit insulté l'autorité suprême.
Hélas! c'est pour l'avoir défendu contre tous,
O juges, que je suis accusé devant vous.
Si du gouvernement j'eusse quitté les rênes,
Mon pays aujourd'hui gémiroit dans les chaines:
Mais quel que soit le sort que l'on m'ait reservé
Je serai trop heureux, si le peuple est sauvé.

SÉPHAS

Ferme appui de nos loix contre la tyrannie,
J'avois, en arrivant tremblé pour la patrie.
Prévenu sur Pharès, dès le premier abord,
Dans le fond de mon cœur, j'avois voté sa mort.
Je le croyois coupable, et, servant la justice,
Je venois en ces lieux demander son supplice :
Mais, tout examen fait, pour le perdre aujourd'hui,
Je ne vois point encor de preuves contre lui.
Vous l'avez entendu : cette noble assurance
Déjà de l'accusé marque assez l'innocence.
Le plus homme de bien, au milieu des partis,
Ne peut pas se flatter d'être sans ennemis.
La grande autorité sans cesse désirée
De délateurs sans nombre est toujours entourée :
Il suffit d'être chef pour être détesté ;
Et par la basse intrigue un instant agité,
Le peuple trop souvent injuste en ses caprices,
A pu du Gouverneur oublier les services ;
Mais ce même Pharès qu'on a tant décrié,
Aura les cœurs pour lui, s'il est justifié.

En effet qui pourroit en pareille occurrence,
Montrer autant de droits à la reconnoissance ?
Qui plus que l'accusé, contre nos ennemis,
Au péril de sa vie, a servi son pays ?
Qui, plus que le Raja, dans cette auguste enceinte
A de nos sages lois défendu l'arche sainte ?
L'imposture peut bien attaquer son honneur,
Mais la vérité parle et prouve en sa faveur.
Je connois tous ses droits à l'estime publique
Et quand je le défends, je sers la république.

TÉNAÏS.

Juges, que l'équité, qui doit nous régler tous,
Soit le seul sentiment qu'on distingue chez vous :
Que l'intérêt commun vous guide et vous anime ;
Sur le sort du Raja que votre vœu s'exprime.
Je rendrai votre arrêt.

(Tous les juges se lèvent, excepté Ladiskar, en faveur de Pharès.)

Organe de la loi,
Le tribunal, Pharès, s'est déclaré pour toi :
Il vient de t'acquitter.

PHARÈS.

Ainsi la malveillance
A sa honte aura vu voter mon innocence.

(En regardant fièrement Dirrhem et Ladiskar.)
Quel terrible moment pour mes accusateurs !

L'arrêt seul fait palir ces lâches imposteurs ;
Et, lorsqu'ici pour moi j'ai la voix unanime,
Je lis jusqu'en leurs cœurs, la honte qui s'imprime.

(*Pharès sort entouré de Sephas et des juges , Ladiskar
excepté.*)

SCENE III.

DIRRHEM, TÉNAIS, LADISKAR, PEUPLE.

DIRRHEM.

Ainsi, sur le tyran, vous avez prononcé !
Voilà de tous nos maux Pharès récompensé.
Qu'il insulte à présent à la publique haine,
Qu'au mépris de la loi, écartant toute gêne,
Il perde son pays et renverse l'Etat,
Sans craindre, il peut commettre un pareil attentat.
Des juges corrompus, au lieu de le proscrire,
Lui prêteront les mains : pour renverser l'empire,
Qu'importent les forfaits que le traître a commis ?
Le crime fait sa gloire et le sceptre est son prix.

SCENE IV.

LORUS, TÉNAIS, DIRRHEM, LADISKAR, PEUPLE.

LORUS.

Arrêtez, apprenez une fureur nouvelle.
Je parcourois la tour ; un jeune enfant m'appelle ;
On le diroit sortir d'un éternel sommeil.
Son œil encor troublé de l'aspect du soleil,
A peine à soutenir l'éclat de sa lumière ;
Au peuple qui l'entoure il demande sa mère....

TÉNAIS.

Sa mère !

LORUS.

Cher objet, que bénit son amour,
Sa mère que Pharès vient de ravir au jour.

TÉNAIS.

Ciel !

LORUS.

Tu parois surpris ?

TÉNAÏS.

O crime abominable!

DIRRHEM.

Eh! de tout, un tyran n'est-il donc pas capable?
Un traître à son pays aux forfaits exercé
Se glorifie encor du sang qu'il a versé.

TÉNAÏS.

Mais un enfant!..

LORUS.

L'enfance! hé! souvent c'est sur elle,
Qu'on l'a vu déployer sa rage criminelle:
La jeunesse impuissante en vain lui tend les bras,
Il est sourd à des cris que son cœur n'entend pas.

TÉNAÏS.

Mais, pour persécuter une foible victime,
Qu'en avoit-il à craindre?

DIRRHEM.

Et le plaisir du crime?
Plus il est grand, et plus il charme sa fureur,
On diroit qu'il jouit en nageant dans l'horreur.

SCENE V.

LES PRÉCÉDENS, LINAS.

LORUS.

Le voilà cet enfant qui voudroit...

TÉNAÏS.

Qu'il avance.
Peut-on porter trop tôt secours à l'innocence?
Gardes, laissez entrer...

LINAS, *(à part, en regardant Ténaïs.)*

Je sens, à son aspect,
Un sentiment mêlé d'amour et de respect.

TÉNAÏS, *(à Linas.)*

Viens, approche, mon fils...

LINAS, *(à part.)*

Mon fils! ah! dans sa bouche.
Que ce doux nom de fils et me flatte et me touche!

TÉNAÏS.

Privé de voir le jour, dès tes plus jeunes ans,
Que ce brillant spectacle a dû frapper tes sens!
Tous ces astres divers qui s'offrent à ta vue,
Ce ciel dont tes regards admirent l'étendue,
Et ce soleil sur-tout, ce globe radieux,
Dont l'éclat devant lui force à baisser les yeux...
Que tu dois rencontrer de beautés sur la terre!

LINAS.

He! que me fait à moi tout cela, sans ma mère?
Peut-être elle n'est plus.... Ah! qu'elle existe ou non,
Conduisez-moi vers elle au fond de sa prison.

TÉNAÏS.

Au fond de sa prison!

LINAS.

Sous le poignard d'un traître,
Hélas! à l'instant même elle expire peut-être....
Loin de moi....

TÉNAÏS, à part.

Ciel! sa vue émeut tous mes esprits.
Voilà comme devroit être aujourd'hui mon fils:

LINAS.

Vous vous troublez : pour moi, votre cœur s'intéresse...
Ah! par pitié, rendez ma mère à ma tendresse....
Rendez à Zéliska l'enfant qu'elle a perdu.

TÉNAÏS ET LORUS.

Zéliska!

LINAS.

C'est ma mère....

TÉNAÏS.

Ah! mon fils m'est rendu!
Mon fils! Eh! voilà donc cette cause inconnue
Qui parloit à mon cœur à sa première vue!
Mon fils! Ah! pouvois-je être insensible à tes traits?
Un père au cri du sang ne se trompa jamais.
Mais, dieux! en quel moment.... O toi, ciel, que j'implore,
Soutiens-moi.... Mais peut-être il en est tems encore....
Si sa mère vivante.... O mes amis, courons,
Visitons, sans tarder, les plus noires prisons.
Trop malheureuse épouse! eh! s'il étoit possible,
Qu'après tant de rigueurs, le ciel pour moi sensible....

Il m'a déjà rendu mon fils.... Viens dans mes bras;
Vers ta mère, Linas, tu conduiras mes pas.

DIRRHEM (*à Ladiskar.*)

Nous arrêtons Pharès et montrons à l'Asie
Jusqu'où le monstre a pu pousser la barbarie.
Que ce timide enfant à ses yeux présenté
Soit offert pour témoin de sa férocité.
Le vice terrassé va rentrer dans l'abîme,
La vertu qui triomphe est la chûte du crime.

FIN DU QUATRIÈME ACTE.

ACTE CINQUIEME.

Le théâtre représente la grotte du second acte.

SCENE PREMIERE.

PHARÈS, ZÉLISKA, *évanouie au même lieu où elle est
restée au second acte.*

PHARÈS, *(les yeux égarés et un poignard à la main.)*

La voilà... C'est donc elle à qui ce bras tremblant
Doit arracher la vie!... ô ciel! en cet instant,
Qui peut donc s'opposer à l'ardeur qui m'anime?
Pourquoi tarder encore à frapper ma victime?
Elle dort, et ses yeux de foiblesse abattus
Ont perdu leur éclat qu'ils ne reprendront plus.
Ses traits défigurés, son ame presqu'éteinte
De la mort qui l'attend portent déjà l'empreinte.
Profitons... Mon rival, si j'en crois les avis,
Déjà, dans cet enfant, a reconnu son fils.
Il triomphe, je meurs. Que ma rage expirante
Porte au moins le poignard au sein de son amante.
Frappons... Qui me retient et qui peut arrêter
Le coup que dans son sein, j'étois prêt à porter?
Est-ce l'air de candeur, la sérénité pure,
Qu'aux mortels sans reproche, accorde la nature?
Hé! que peuvent sur moi ses graces, ses attraits?
Que fait sur mon esprit la douceur de ses traits?
Son aspect m'interdit, sa foiblesse m'arrête,
Sa foiblesse, est-ce un droit, pour ménager sa tête?
Qui me fait balancer?... Je frémis... et pourquoi
Mes forfaits à mes yeux s'offrent-ils malgré moi?
Le ciel, pour m'écraser semble armer son tonnère.

C'est lui, non je ne puis soutenir sa lumiere.
Je l'entends... « fuis, perfide, ôte-toi de mes yeux,
» Et crains un dieu puissant, fatal aux factieux.... »
Je veux me dérober à son œil redoutable !....
Son bras s'appesantit.... le voilà qui m'accable ?
Je brûle... Juste ciel, ménage mes tourmens :
Je ne puis supporter tous les maux que je sens.
Je me vois engloutir dans le fond du Tartare.
Où conduis-tu mes pas, spectre horrible et barbare,
Viens-tu percer mon sein mille fois déchiré ?
Tiens, frappe, à peine, hélas, si je le sentirai.
Que l'enfer sous mes pas, entr'ouvre ses abîmes
Rien peut-il balancer mes remords et mes crimes ?
Mes remords ! sur mon cœur ils pourroient prévaloir ? _

   (*En montrant Zéliska.*)

Non... Dans son sang plutôt noyons mon désespoir.
Portons le coup fatal; s'il tarde davantage,
Mon bras, pour le frapper, manquera de courage.
Déjà même il chancelle, et ce fer incertain
Est tout prêt de tomber de ma trop foible main.
Mes forces s'éteignoient, que mon cœur les rassemble.
ZÉLISKA, *toujours évanouie faisant un mouvement de frayeur,*
Mon fils.

     PHARÈS.

  Elle s'éveille.... O dieux, tout mon corps tremble.
Je n'ose détourner, sur elle, un seul regard.
Misérable !... Eh ! je sens échapper mon poignard.

    (*Le poignard lui tombe des mains*).

Je voudrois.... je ne puis... mon trouble est effroyable...
La vertu d'un coup d'œil atterre le coupable.
Fuyons, fuyons. (*Il sort tout égaré.*)

SCÈNE II.

ZÉLISKA, *seule.*

   Je vis... je suis seule en ces lieux !
Seule... mais un poignard a brillé sous mes yeux !
Pharès, qui t'a donné cette pitié funeste,
Qui t'a fait ménager des jours que je déteste ?
La mort étoit un bien que j'attendois de toi !
Tu te reprocherois cette faveur pour moi.
Au dernier des malheurs quand tu m'as su réduire,
C'est sous le poids des maux que tu veux que j'expire.
Linas.... Linas, enfant si tendrement chéri,

Que mon sein a porté, que mon lait a nourri,
Je te demande en vain, dans ma douleur mortelle!
Et tu ne réponds pas à ma voix, qui t'appelle!
   Mais je ne vois donc pas le cachot où je suis,
Malheureuse!... Et Linas!... O tyran, sur mon fils,
N'aurois-tu pas déjà porté ta main atroce?
Sur cet infortuné, ta cruauté féroce
Déjà n'a-t-elle pas assouvi sa fureur?
Barbare, je te vois!... tu déchires son cœur...
Tu tenois un poignard, ton bras abominable
Le retire fumant... O mère déplorable!
Non; tu n'as plus de fils... Vois-tu son sein sanglant...
Sa poitrine entr'ouverte et son cœur palpitant...
Vois-tu le coup tracé, dans sa large blessure?...
Eh! tu n'expires pas aux tourmens qu'il endure!
Horrible incertitude! au fond de tes cachots,
J'avois bien pu, Pharès, étouffer mes sanglots;
Mais Linas me restoit, hélas! dans ma misère...
Eh! tu sais ce que c'est qu'un enfant pour sa mère!
Les menaces, des fers, les plus cruels ennuis,
J'aurois supporté tout, heureuse, avec mon fils.

SCÈNE III.

LORUS, TÉNAIS, ZÉLISKA, LINAS, SUITE.

LORUS, *(dans la coulisse.)*
Mes amis, arrivez.

ZÉLISKA.
         Ah! que viens-je d'entendre!
D'un noir pressentiment je ne puis me défendre.
Le traître viendroit-il?

LORUS, *(encore dans les coulisses.)*
         Suis mes pas, Ténais.

ZÉLISKA.
Ténais!... quelle voix!... mon époux!... je ne puis.
                    (Elle retombe.)

LORUS, *(en entrant, à Ténais.)*
Accours.

TÉNAIS.
         Dieux! quelle vue!... O toi que mon cœur aime
Chère épouse, devois-je, en mon malheur extrême,

Ne donner à ta mort des pleurs pendant six ans,
Que pour te retrouver en ces cruels momens.
Que je l'embrasse... ô ciel ! toi qui connus pour elle,
L'amour de Ténaïs et sa flamme éternelle ;
Prends pitié d'un amant, prends pitié d'un époux,
Qui demande la mort et béniroit ses coups.
Mon ame avec la sienne, hélas ! n'en faisoit qu'une.
Me laisseras-tu seul survivre à l'infortune ?

(Il apperçoit le poignard de Pharès.)

Mais que vois-je briller ?... un poignard !... malheureux !....
C'est ce fer qui nous doit réunir tous les deux.

(Il va pour se frapper.)

Et toi, Linas, mon fils ! j'oubliois, je suis père,
Puis-je donc demander à rejoindre sa mère ?
Quand mon enfant respire, ô trop funeste sort !
Il ne m'est pas permis de désirer la mort.
Pardonne-moi, mon fils ; chère épouse, pardonne...
Je ne suis plus à moi : la force m'abandonne,
Sais-je quel vœu former, quand, dans le même instant,
Je te perds pour toujours et je vois mon enfant.

(Il retourne de Linas vers Zéliska, et veut la presser
contre lui.)

Mes amis, espérons.... son sein palpite encore.

L I N A S.

O Dieux !

L O R U S.

Diroit-il vrai ?... ciel puissant que j'implore,
Fais qu'il n'égare point mon trop crédule cœur.
Rends-moi ma Zéliska... mais que vois-je ?... ô bonheur !
Elle voudroit parler... secondez sa foiblesse,
Dieux protecteurs, rendez ma fille à ma tendresse.

Z É L I S K A, *(revenue peu à peu à elle.)*

Quel aspect ! ah ! je sens ranimer mes esprits.
Ténaïs, je t'embrasse, et mon père, et mon fils ;
Après six ans, le ciel permet que je vous voie...
Quel heureux jour !... comment survivre à tant de joie ?
Vous, vivez... eh ! comment ?... par quel heureux succès,
Arrivés jusqu'à moi... vous vivez... et Pharès ?...

SCÈNE IV.

LES PRÉCÉDENS, DIRRHEM.

DIRRHEM.

Il n'est plus... D'un tyran la terre est délivrée,
Et sa mort par le peuple en ces lieux célébrée
Vient du règne des lois annoncer le retour.

LOAUS.

Il n'est plus !... de sa main ?..

DIRRHEM.

Ah ! pour s'ôter le jour,
Un factieux a l'ame et trop vile et trop lâche.
Il peut, de noirs forfaits occupé sans relâche,
Sur le simple exposé d'un rapport criminel,
D'un millier de Mogols dicter l'arrêt mortel,
Et d'une ville entière étouffant l'espérance,
Inonder ses remparts du sang de l'innocence.
Mais pour oser sur lui porter un juste bras,
Il lui faudroit un cœur... les traîtres n'en ont pas.
   Si Pharès a péri, d'une main étrangère
Il a reçu le coup qui finit sa carrière.
Ladiskar le suivoit, il le voit qui s'enfuit,
Il le poursuit, l'atteint, et vers vous le conduit.
Déjà de toutes parts, volant sur son passage,
Le peuple en l'entourant le menace et l'outrage.
» Le voilà, dit chacun, ce tyran abhorré,
» Qui se nourrit de crime et n'a rien de sacré.
» Attends, perfide, attends le tourment qu'on t'apprête :
» C'est sur un échaffaud qu'il faut porter ta tête.
» C'est là, qu'aux yeux du peuple, expiant tes fureurs,
» Tu dois boire à longs traits la mort et ses horreurs :
» C'est là, monstre cruel, qu'il faut que tu périsses.
» Va, tyran, va tracer la route à tes complices ».
   Cependant, au milieu du tumulte et des cris,
Ladiskar amenoit Pharès vers Ténaïs ;
Et déjà franchissant les dégrés du portique,
Il croit l'avoir soustrait à la fureur publique ;
Quand survient un vieillard : » Que faites-vous, amis ?
» Hélas ! oubliez-vous le meurtre de mon fils ?
Jettez donc un regard sur ses bras sanguinaire,
Vous les verrez encor teints du sang de ses frères. »

Il n'a pas achevé que, d'un commun élan,
Mille coups à la fois ont frappé le tyran.
Pharès tombe, et déja tout Ophir se dispute
La gloire d'avoir pu prendre part à sa chute.
On se presse, on le serre; on veut le voir mourant.
Son œil privé du jour est encor menaçant;
Et son sang en bouillons fuyant sur le rivage,
Aux marches du Palais semble imprimer sa rage.

LORUS.

Rendons graces au ciel : la mort d'un factieux
En désarmant les cœurs, réunit tous les vœux.
Un heureux jour s'annonce, et l'Inde ravagée
Des traîtres de tout rang sera bientôt purgée.
Le crime, à l'œil hagard, à son terme arrivé,
Pour le dernier supplice est enfin réservé;
Et la liberté sainte en ces lieux triomphante,
Va répandre par-tout le bonheur qu'elle enfante.

ZÉLISKA.

Ah! je me sens renaître à cette auguste voix,
Je reprends le courage et l'espoir à la fois.
Un cœur tel que le mien prêt à perdre la vie,
Sent ranimer sa force au cri de la patrie.

TÉNAIS.

Amis, Pharès n'est plus; que son sort mérité
Puisse servir d'exemple à la postérité.
Que nos derniers neveux en gardent la mémoire,
Et qu'en applaudissant on lise dans l'histoire :
« Un monstre, pour régner, inventa la terreur,
» Et la faulx vengeresse a frappé l'oppresseur ».

FIN.

www.ingramcontent.com/pod-product-compliance
Lightning Source LLC
LaVergne TN
LVHW010332030726
842520LV00004B/1420